Vente des Mardi 3 et Mercredi 4 Avril 1888

HOTEL DROUOT, SALLE N° 4

DESSINS

AQUARELLES, LITHOGRAPHIES

COSTUMES MILITAIRES

AVRIL 1888

Me M. DELESTRE	M. P. ROBLIN
COMMISSAIRE-PRISEUR	MARCHAND D'ESTAMPES
rue Drouot, n° 27	rue Saint-Lazare, n° 65

PARIS — 1888

Ve RENOU ET MAULDE

IMPRIMEURS DE LA COMPAGNIE DES COMMISSAIRES-PRISEURS

Rue de Rivoli, 144

CATALOGUE
D'UNE BELLE COLLECTION
DE

DESSINS

AQUARELLES, LITHOGRAPHIES, COSTUMES MILITAIRES
ESTAMPES ET EAUX-FORTES MODERNES

PAR

Bellangé, Boilly, Bonington
Charlet, Debucourt, Decamps, Delacroix, Fielding, Géricault
Grandville, Isabey, Ch. Jacque, C. Méryon
Henri Monnier, C. Nanteuil
Prudhon, Raffet, Roqueplan, Traviès, Vernet, etc.

DONT LA VENTE AUX ENCHÈRES PUBLIQUES AURA LIEU

HOTEL DES COMMISSAIRES-PRISEURS
RUE DROUOT, 9, SALLE N° 4

Les Mardi 3 et Mercredi 4 Avril 1888

A UNE HEURE ET DEMIE PRÉCISES

EXPOSITION PUBLIQUE

Le Lundi 2 Avril 1888, de deux heures à cinq heures

Par le ministère de Me **M. DELESTRE**, Commiss^re-Priseur,
rue Drouot, 27,

Assisté de **M. P. ROBLIN**, Marchand d'Estampes,
Successeur de E. Jacquinot, Peintre-Expert,
rue Saint-Lazare, 65,

CHEZ LESQUELS SE DISTRIBUE LE CATALOGUE.

PARIS — 1888

CONDITIONS DE LA VENTE

Elle sera faite au comptant.

Les Acquéreurs paieront CINQ POUR CENT en sus des enchères, applicables aux frais.

Pour les Dessins, les attributions de l'Amateur ont été conservées.

M. P. ROBLIN se réserve la faculté de rassembler ou de diviser les lots, et se chargera de remplir les Commissions des personnes qui ne pourraient assister à la Vente.

ORDRE DES VACATIONS

Mardi 3 Avril 1888........	Nos 304 à la fin Estampes
Mercredi 4 Avril 1888........	Nos 1 à 303 Dessins

DÉSIGNATION

DESSINS

ALAUX

1 — Femme italienne poursuivie par un bandit.
A la sépia.

ANDRIEUX

2 — Jeune Femme à Mabille.
Aquarelle. Signé. Encadré.

BARESTE (A.)

3 — Un Marché villageois.
Aquarelle. Signé. Encadré.

4 — Deux Cavaliers.
A l'aquarelle. Signé. Encadré.

BARRY (G.)

5 — Portrait de femme assise.
A la mine de plomb. Signé 1855.

BAXTERS

6 — Fête navale sur les côtes d'Angleterre.
A l'aquarelle. Signé. Encadré.

BAYALOS (A. de)

7 — Louis XIV et Mme de Montespan dans le parc de Versailles.
A l'aquarelle. Signé.

BAYOT (A.)

8 — Une Bataille.
A l'aquarelle. Signé. Encadré.

BEAUME

9 — Un vieux Soldat.
A la sépia. Signé.

BEAUMONT (E. de)

10 — Jeune Femme assise.
A l'aquarelle relevée de gouache. Encadré.

11 — Jeune Femme embrassant un perroquet.
Mine de plomb et aquarelle. Signé.

12 — Jeune Femme enfonçant un clou.
Aux crayons de couleur : *Souvenir à mon excellent ami Fr. Legrip.*

13 — Une Déclaration d'amour.
Mine de plomb et aquarelle. Signé.

14 — En Pénitence.
Mine de plomb et aquarelle. Signé. Sous verre.

15 — Le petit Chaperon rouge.
A la mine de plomb et à l'aquarelle. Signé.

BELLANGÉ (Hippolyte)

16 — Militaire faisant l'aumône.
Aquarelle inachevée. Superbe composition. Encadré.

BELLANGÉ (Hippolyte)

17 — Aveugle conduit par un enfant.
A la plume. Signé 1830. Encadré.

18 — Militaire à cheval.
A la pierre noire rehaussée de blanc.

19 — Vieux Domestique.
Croquis à la plume. Signé.

20 — Militaires.
A la sépia. Encadré.

21 — Bandit corse.
A l'aquarelle. Signé. Encadré.

BÉNOUVILLE

22 — Taureaux conduits à l'abreuvoir.
A l'aquarelle. Signé. Encadré.

BENTABOLE (H.)

23 — Une Plage avec barques et falaises.
A la mine de plomb relevée de gouache. Signé.

BERTAULT

24 — Un Duel.
Au lavis de bistre. Signé. Encadré.

BERTHIER

25 — Trompette de mousquetaire.
A la gouache. Signé.

BETENCOURT (Ed.)

26 — Le Chêne et le Roseau.
A la pierre noire rehaussée de blanc. Signé 1844.

BLAIZE (C.)

27 — Portrait d'homme.

A la mine de plomb rehaussée d'aquarelle. Signé 1827. Encadré.

BOILLY (Louis)

28 — Études de têtes : quarante-neuf Portraits sur deux feuilles faisant pendants.

A la pierre noire relevée de blanc. Sous verre.

29 — La Main chaude.

A la mine de plomb. Encadré.

BOILLY (Jules) ?

30 — Le Duc et la Duchesse de Bassano. Deux pendants.

Beaux portraits à la pierre noire rehaussée de blanc. Encadré.

BOILLY (J.-M.)

31 — La Fontaine. Scène de mœurs italiennes.

A l'aquarelle. Signé. On y a joint la gravure.

BONHEUR (Auguste)

32 — Vache couchée, vue de dos.

A la pierre noire. Signé du monogramme. Cadre en bois sculpté.

BONHEUR (Rosa)

33 — Un Bélier.

Au crayon noir relevé de blanc. Signé. Encadré.

BONINGTON (R.-P.)

34 — Sujet tiré d'un Roman de Walter Scott.

A la sépia. Encadré. Signé des initiales R. P. B.

BONINGTON (R.-P.)

35 — **Marine.**

A l'aquarelle. Signé : *Extrait de l'album de Mme la duchesse de Montebello.* Encadré.

36 — **Paysage avec église.**

A l'aquarelle. Signé.

37 — **La Pêche à la senne.**

Belle aquarelle.

38 — **Pêcheurs au bord de la mer.**

Aquarelle. Signé.

39 — **Vue d'une campagne, avec église et moulin à vent.**

Superbe aquarelle. Signé des initiales.

40 — **Paysage avec ponts et chute d'eau.**

A la sépia. Encadré.

41 — **Un Abordage en mer.**

A l'aquarelle. Encadré.

42 — **Une Scène intime.**

A l'aquarelle. Encadré.

43 — **Paysage.**

Belle aquarelle. Signé : *R. P. B.* Encadré.

44 — **Diligence surprise par la marée montante.**

A l'aquarelle. Signé des initiales. Encadré.

BONVIN (F.)

45 — **Homme fumant.**

A la pierre noire. Signé.

46 — **Jeune Femme lisant.**

Au crayon noir.

BOSIO

47 — Danseurs espagnols, qui ont paru au théâtre de la Porte-Saint-Martin, en juillet 1816.
A la plume et à l'aquarelle. Encadré.

48 — Invalide faisant l'aumône.
Au lavis de bistre. Encadré.

BOUHOT

49 — Une Cour de ferme.
A la sépia. Signé 1821. Encadré.

BOULANGER (C.)

50 — L'heureuse Famille.
A la mine de plomb. Signé.

BOULANGER (Louis)

51 — Un Rédempteur. Composition allégorique.
A la plume.

BOUQUET (Michel)

52 — Paysage avec ruines et cours d'eau.
A la gouache, signé, 1853. Encadré.

BOURGEOIS (J.)

53 — Animaux à l'abreuvoir.
Aquarelle. Signé.

54 — Habitation sur un porche.
A l'aquarelle. Signé. Encadré.

55 — Sapeur de la Garde nationale.
A l'aquarelle. Signé. Encadré.

56 — Intérieur de monastère.
A la sépia. Signé.

BOUVENNE

57 — Entourages allégoriques, avec animaux, motifs d'ornements, etc. Deux pendants.
A l'aquarelle. Signé 1843.

BRASCASSAT

58 — Berger des Landes.
A la sépia.

BRUNE

59 — Paysage.
A la sépia. Signé. Encadré.

BRUNET-DEBAINEZ (A.)

60 — Paysage au bord de la Seine.
Aquarelle. Signé 1871. Encadré.

CALAMATTA

61 — Portrait d'homme.
A la pierre noire. Signé : *Rome*, 1858.

CANOVA (A.)

62 — Statue d'après l'antique.
A la pierre noire. Signé 1812. Encadré.

CHAM

63 — Cas de légitime défense.
A la plume. Signé. Encadré.

CHAPLIN (Ch.)

64 — La Dame aux Camélias.

A la mine de plomb et aux crayons de couleur. Encadré.

65 — Jeune Garçon portant une cage.

Crayon noir et mine de plomb rehaussés de gouache. Signé. Encadré.

CHARLET

66 — Enfant sur un chien. — Les jeunes Soldats. Deux pendants.

Superbes aquarelles. Signé. Encadré.

67 — Aveugle mendiant.

A la mine de plomb rehaussée d'aquarelle. Signé : *Mars* 1843. Encadré.

68 — Un Montagnard espagnol.

A l'aquarelle. Signé. Encadré.

69 — Chanteur mendiant.

Belle aquarelle. Signé. Encadré.

70 — Mousquetaire et Servante d'auberge.

A l'aquarelle. Signé 1835. Encadré.

71 — Une Conversation animée.

A la mine de plomb et aquarelle. Signé 1828.

72 — Paysans au marché.

A la mine de plomb. Signé. Cadre en bois sculpté.

73 — Fâcheuse Réception faite aux officiers de l'armée de Condé.

A la mine de plomb. Encadré.

74 — Une Mégère.

A la sépia. Signé. Encadré.

CHARLET

75 — **Deux Cavaliers sur une route.**
Au lavis de bistre. Encadré.

76 — **Un vieux Cocher.**
Au lavis. Signé. Encadré.

77 — **Militaire.**
A la mine de plomb. Signé.

78 — **La Prière.**
A la plume et au lavis. Signé 1822.

79 — **Un Mendiant.**
A la mine de plomb. Signé 1837.

80 — **Le vieux Drapeau. Sujet pour les chansons de Béranger.**
A la sépia.

CHASSELAT

81 — **Le Miracle de la croix à Migzé (Vienne).**
A la sépia. Signé 1827.

CICÉRI (Et.)

82 — **Vue de Venise. — Paysages dans les montagnes. Trois pièces.**
A l'aquarelle. Signé. Encadré.

83 — **Un Sansonnet.**
A la sépia. Signé 1825. Encadré.

84 — **Vues de Savoie. Deux pendants.**
A l'aquarelle. Signé. Encadré.

85 — **Une Place publique, à Rome.**
Belle aquarelle. Signé.

COIGNET (J.)

86 — **Paysage : Habitations au pied d'une montagne.**

Au pastel. Signé. Encadré.

COLIN ?

87 — **Une Scène du chevalier de Faublas.**

A la sépia. Encadré.

COURBET (G.)

88 — **Étude de femme.**

Aux deux crayons. Signé. Encadré.

DAGUERRE

89 — **Voûte souterraine.**

Au lavis. Encadré.

DAVID (Louis)

90 — **Deux jeunes Femmes agaçant un perroquet.**

A la pierre noire et à l'aquarelle. Signé. Sous verre.

DAVID (Jules)

91 — **Une Promenade en barque.**

A la mine de plomb relevée de gouache. Encadré.

DE BASSON (H.)

92 — **L'Aveu d'une faute.**

Mine de plomb et lavis d'encre de Chine. Signé. Encadré.

DECAMPS

93 — **Femmes d'Ayde. Deux pièces.**

Pierre noire et lavis de bistre. Signé. Encadré.

94 — **Femme du peuple, en Orient.**

A la pierre noire. Signé. Encadré.

DEFAUX (F.)

95 — Un Marché en Bretagne.
A l'aquarelle. Signé. Encadré.

DELACROIX (Auguste) ?

96 — Une Famille de pêcheurs.
A l'aquarelle. Encadré.

DELACROIX (Eugène)

97 — Jésus rencontre sa mère, d'après Espinosa.
A la gouache. Encadré.

98 — Le Pansage du cheval.
Superbe composition à la pierre noire. Encadré.

DELACROIX (Eugène) ?

99 — Un Homme et quatre Enfants renfermés dans un cachot.
Au lavis d'encre de Chine. Encadré.

DELAVAL

100 — Clôture d'un parc.
A la mine de plomb. Encadré.

DELHOMME

101 — Angelo. Scène du théâtre de Victor Hugo. Composition en forme d'éventail.
Au lavis d'encre de Chine. Signé.

DEDEBAN

102 — Tombeau de Désaugiers, avec pièce de vers. Deux pièces.
A l'aquarelle. Signé.

DESENNE (Alex.)

103 — Scène pour *Paul et Virginie*.

Au lavis rehaussé de blanc. A été lithographié.

DESMOULINS

104 — Enfant volant des cerises.

A l'aquarelle. Signé 1830. Encadré.

DEVÉRIA (Ch.)

105 — La Chauve-Souris, pour les Odes de Victor Hugo.

A la sépia.

106 — Un Foyer.

A la plume. Signé.

107 — Le Retour d'un fils chéri.

A l'aquarelle. Signé. Encadré.

DEVÉRIA (Eugène)

108 — L'Océanie. Frontispice orné, pour un livre de voyage.

A l'aquarelle.

DIAZ (N.)

109 — Procession dans un souterrain.

Peinture à l'essence. Encadré.

DIVERS

110 — Un Bivouac de cuirassiers.

A l'aquarelle. Encadré.

111 — Sous ce numéro, il sera vendu quelques Dessins que le temps n'a pas permis de cataloguer.

DORÉ (Gustave)

112 — Croquis. Quatre sujets sur la même feuille.

A la plume et au lavis. Encadré.

113 — Jeune Écossais, revenant de la chasse.

A la mine de plomb. Signé 1860. Encadré.

DORSCHWILLER (Henri)

114 — Le Retour au castel.

A l'aquarelle. Signé. Encadré.

DREUX (Alfred de)

115 — Chevalier du moyen âge à cheval.

Aquarelle. Signé. Encadré.

DREUX-DORCY (De)

116 — Une Confidence.

Au pastel. Signé.

DROLING

117 — La Liseuse.

Au crayon noir. Encadré.

118 — Femme cousant.

Au lavis de bistre. Signé.

DUCORNET (Né sans bras)

119 — Sujet pour *Faust*, in-8.

A la mine de plomb. Encadré.

DUMAS (Marie)

120 — Caderousse. — La Gasconte. Deux pendants, d'après Gavarni.

A l'aquarelle. Avec envoi autographe signé : *Alexandre Dumas. Souvenir de Monte Cristo, offert à notre grand artiste Boulin.* Sous verre.

DUPENDANT

121 — Maison de Jean Sans-Peur, à Paris.
Belle aquarelle. Signé.

DUPLESSIS-BERTAUX

122 — Une Berline. — Un Maréchal-ferrant. Deux pendants.
A la mine de plomb. Signé. Encadré.

EAST (E.)

123 — Faisans. — Renards. — Bécassines. — Perdrix. — Cerfs, etc. Huit pièces.
A la mine de plomb et à l'aquarelle. Signé.

ÉTANG (Heny de L')

124 — Le Départ du chevalier.
A l'aquarelle. Signé. Encadré.

FAHY (N.)

125 — Zouaves en goguette.
A la mine de plomb. Signé.

FIELDING (Newton)

126 — Habitation villageoise.
A l'aquarelle. Signé 1832. Encadré.

127 — Coq et Poules.
A l'aquarelle. Signé 1830. Encadré.

128 — Perdrix rouges.
A l'aquarelle. Signé 1829. Encadré.

129 — Un Lièvre.
A l'aquarelle. Signé 1828. Encadré.

FIELDING (Newton)

130 — Bécassines.

Mine de plomb et aquarelle. Signé 1830.

131 — Une Loutre.

Au lavis. Encadré.

132 — Ocelot.

A la mine de plomb. Signé 1830.

FINART (N.)

133 — Cavaliers cosaques.

A l'aquarelle. Signé 1847. Encadré.

FLAMENG (Léopold)

134 — Un Cavalier espagnol. — Jeune enfant tenant une branche de bois. Deux sujets.

A la mine de plomb et au lavis rehaussé de blanc, sur un bloc en bois. Dessins préparés pour la gravure.

FORAIN

135 — Jeune Amazone à cheval.

A la pierre noire relevée de blanc. Signé. Sous verre.

FORBIN (Le comte de)

136 — Ruines romaines.

A la sépia. Signé.

FOREST (Eug.)

137 — Les Savoyards.

A l'aquarelle. Signé. Encadré.

FORT (Siméon)

138 — Chute d'eau dans les montagnes.

A l'aquarelle. Signé.

FORT (Th.)

139 — Grenadier de la garde.
A l'aquarelle. Signé.

FRAGONARD Fils

140 — Rendu à discrétion.
A l'aquarelle. Signé. Encadré.

FRANTZ

141 — Marines. Deux pendants.
A l'aquarelle. Signé. Encadré.

142 — Une Plage à marée basse.
Aquarelle. Signé. Encadré.

FRILLEY

143 — Le Sommeil du grand-papa.
Au lavis de bistre. Signé 1829.

GARNEREY

144 — Un Prédicateur.
A l'aquarelle. Signé : *Venise* 1823.

GAVARNI

145 — Deux jeunes Femmes à la promenade.
Plume et mine de plomb. Encadré.

146 — Costume de femme pour travesti.
A l'aquarelle. Encadré.

GENIELS (A.)

147 — Andalouse et sa fille.
A l'aquarelle. Signé 1851. Encadré.

GRÉVEDON (Henri)

148 — Léda.

A la pierre noire. Signé et daté. Encadré.

GÉRARD-FONTALLARD

149 — Les Saltimbanques.

A l'aquarelle. Signé 1835. Encadré.

GÉRICAULT

150 — Palefrenier conduisant deux chevaux.

A la pierre noire rehaussée de blanc.

151 — Cheval au repos.

A la mine de plomb. Signé. Encadré.

152 — Cheval à l'attache.

A la plume et à l'aquarelle. Signé.

153 — Croquis.

Au crayon noir. Signé : *Géricault fecit.*

GIRARD (E.)

154 — L'Indiscret.

Mine de plomb et aquarelle. Signé. Encadré.

GOBLAIN (Louis-Antoine)

155 — Vue de la Tuilerie aux buttes Montmartre, en 1821.

Belle aquarelle. Signé.

GONCOURT (Jules de)

156 — Femme appuyée contre une porte.

A l'aquarelle. Signé : *Ingouville* 1850.

GOUPIL (F.)

157 — Vivandière et Militaire à cheval.

A la mine de plomb relevée de gouache. Signé 1831. Encadré.

GRANET

158 — Vaste Escalier sous une voûte.

Au lavis. Signé 1820. Encadré.

159 — Intérieur de monastère. — Crypte, avec escalier. Deux pièces.

A la sépia. Légende : *Granet à Mademoiselle de Bouteillet*. Encadré.

GRANVILLE (J.-J.)

160 — La Danse de l'asperge.

Plume et aquarelle. Signé. Encadré.

161 — Salut à un général.

A la plume. Encadré.

162 — Pensionnaires de Bicêtre.

A la plume, avec le cachet de la vente. Encadré.

163 — Jésuite en méditation.

A la plume et à l'aquarelle. Encadré.

164 — Sujet pour les voyages de Gulliver.

A la plume, avec le cachet de la vente. Encadré.

165 — Caricatures militaires. Dix pièces.

A la plume.

GRENIER (F.)

166 — Un Grenadier.

A la sépia. Signé 1825. Encadré.

167 — Un Curé.

Au lavis de bistre. Signé.

GUDIN (T.)

168 — Personnages au bord de la mer.
A la sépia, avec envoi signé. Encadré.

GUILLEMIN (A.)

169 — Les Musiciens amateurs.
A la mine de plomb relevée de gouache.

HAUDEBOURT-LESCOT (Mme)

170 — La Lecture.
A l'aquarelle. Signé. Sous verre.

171 — La Tendresse maternelle.
Aquarelle. Signé. Sous verre.

HAPPON (J.)

172 — Jeune Femme italienne avec deux enfants.
A la mine de plomb et crayons de couleur.

HARDING (N.)

173 — Le petit Cuisinier.
A l'aquarelle. Signé 1816. On a joint la gravure.

HEINRICH (F.)

174 — Personnages tchèques.
A l'aquarelle. Signé. Encadré.

HÉROULT (D.)

175 — Un Repas villageois.
A l'aquarelle. Signé. Encadré.

176 — Théâtre de Guignol, aux Champs-Élysées.
A l'aquarelle. Signé. Sous verre.

HERVIER (A.)

177 — Cour d'habitation rustique.
A l'aquarelle. Signé. Encadré.

INGRES

178 — Portrait d'homme.
A la mine de plomb. Encadré.

ISABEY (J.)

179 — Costumes grotesques. Deux sujets sur la même feuille.
A l'aquarelle. Encadré.

180 — Barbier-Walbonne, 1791.
Au crayon noir relevé de gouache. Encadré.

JACQUE (Charles)

181 — Paysan conduisant deux chevaux à l'abreuvoir.
A la pierre noire. Signé. Encadré.

182 — Bergerie, Ustensiles de ménage, Cour de ferme, Chevaux, l'Abreuvoir. Études, Croquis, dix-sept pièces.

JANET-LANGE

183 — Infanterie légère : Soldat en capote.
Aquarelle. Signé. Sous verre.

184 — Cavalerie légère : Chasseur 1er régiment, soldat (grande tenue).
A l'aquarelle. Signé. Sous verre.

JUNG (Th.)

185 — Batailles. Deux pendants.
A l'aquarelle. Signé 1843.

JOHANNOT (Tony)

186 — Jeune Femme assise devant un clavecin, un homme se tient à ses côtés.
A l'aquarelle. Signé. Encadré.

187 — La Tentation.
A l'aquarelle. Signé. Encadré.

188 — La Esmeralda et Claude Frollo. Sujet de titre pour Notre-Dame de Paris, 1832.
A la plume. Signé. Encadré.

189 — La Mort d'un père.
A la mine de plomb. Signé.

190 — Scène des Romans de Fenimore Cooper.
A la sépia.

191 — La Mort de Bayard.
Au lavis de bistre.

KUHTENBROUWER

192 — La Chasse aux papillons sous bois.
A la plume relevée de gouache. Signé. Encadré.

KELLIN

193 — Falaises aux bords de la mer.
Aquarelle. Signé 1854. Sous verre.

LALAISSE (H.)

194 — Infanterie de ligne.
Au crayon noir et à l'aquarelle. Signé. Sous verre.

LALANNE

195 — Une Sérénade.
A la mine de plomb relevée de gouache. Signé. Encadré.

LAMI (Eugène)

196 — Relevé de garde : Scène militaire.
A la pierre noire gouachée. Signé. Encadré.

197 — L'Aumône.
A la sépia.

LANFANT

198 — Gardeuses de chèvres.
Aux trois crayons. Signé. Encadré.

LAZERGES (H.)

199 — Ange montant au ciel.
Aux trois crayons. Signé 1869.

200 — Le Génie des Enfants de la France.
Au crayon noir. Signé : *Toulouse*. 21 *janvier* 1871.

LECOINTE (Charles)

201 — La Mort et le Bûcheron.
Belle aquarelle. Signé 1865.

LECOMTE (Hippolyte)

202 — Un Curé de campagne.
A la sépia. Signé. Encadré.

203 — Militaires à pied et à cheval.
Au lavis de bistre. Signé 1823.

LE MIRE (Léon)

204 — Militaires, Études de chevaux et d'animaux. Seize pièces.
A la sépia. Signé 1834.

LEPRINCE (A.-D.)

205 — Récréations villageoises.
A la sépia. Signé 1823. Encadré.

LESSORRE (E.)

206 — Deux jeunes Femmes faisant danser un chien.
Aquarelle. Signé 1836. Encadré.

207 — Jeune Femme avec deux enfants.
A l'aquarelle. Signé. Encadré.

LÉVIS

208 — La Seine, devant le pont des Beaux-Arts, regardant l'île de la Cité.
A l'aquarelle. Signé : *mars 54*.

209 — A Saint-Lô : Paysage.
A l'aquarelle. Signé. Encadré.

210 — Vue d'un village, avec pont et cours d'eau.
A l'aquarelle. Signé. Encadré.

211 — Vue prise de Montmartre, en 1875.
A l'aquarelle. Signé.

212 — Carrefour d'un village de Normandie.
A l'aquarelle. Signé 1844.

LUNA (Ch. de)

213 — Chevaux de poste.
A l'aquarelle. Signé.

MARCHAL (E.)

214 — Un Concert.

A la mine de plomb. Signé.

MARILHAT ?

215 — Villa Borghèse.

A la mine de plomb.

MARNIX

216 — Habitation au bord d'un cours d'eau. Castel auprès d'une vieille tour. Deux pendants.

Aquarelle. Signé. Sous verre.

MARVY (Louis)

217 — Femme mauresque.

A la pierre noire relevée de gouache.

MAUZAISSE

218 — Le Cheval mort.

A la plume. Signé. Encadré.

MICHALOWKI

219 — Chevaux de poste.

Superbe aquarelle. Signé.

MOITTE

220 — Bas-Relief.

A la plume lavée de bistre. Signé : *Moitte, sculpteur, l'an VII de la République*. Encadré.

MONNIER (Henri)

221 — Un Juge.

A la plume et à l'aquarelle. Signé : *A M. Gontié. Souvenir de mon passage à Bordeaux*. Encadré.

MONNIER (Henri)

222 — Un Bourgeois.

A la plume et à l'aquarelle. Signé. Encadré.

223 — Mme Guillemin.

A la mine de plomb. Signé : 25 *septembre* 1849. Encadré.

224 — Le Peintre jeune, acteur.

A la mine de plomb. Signé 1839. Encadré.

225 — Costume d'acteur.

A l'aquarelle. Encadré.

226 — Femme suivie de son laquais.

A l'aquarelle. Signé.

227 — La Fête du curé.

A la plume et au lavis. Signé.

228 — La Gourmandise. — La Paresse. — L'Avarice. Trois pièces.

A la plume.

229 — Une Conversation animée. — Costumes de modes. Deux pièces.

A la mine de plomb.

MOZIN

230 — Un Garde-Chasse. — Paysage avec cours d'eau. Deux pièces.

A la plume et au lavis de bistre.

NICOLLE (V.-J.)

231 — Ruines romaines avec personnages.

A l'aquarelle. Signé. Encadré.

232 — Capella della Madonna di Gattora.

A la plume et au lavis de bistre. Signé. Encadré.

NOEL (A.)

233 — Église de Chaumont, sur la Loire. — Chapelle du château de Chaumont. Deux pièces.
A la sépia.

234 — Habitations dans les Pyrénées.
A l'aquarelle. Signé 1837.

NOEL (JULES)

235 — Paysage.
A l'aquarelle. Signé 1870. Encadré.

NUMA

236 — Scènes burlesques dans une gare. Deux pendants.
A la pierre noire rehaussée de gouache. Signé.

237 — Jeunes Femmes en vélocipède. Deux pendants.
A la pierre noire relevée de blanc. Signé. Sous verre.

238 — Les deux Amies.
A l'aquarelle. Signé. Encadré.

OUVRIÉ (JUSTIN)

239 — Une Place de village.
A la sépia. Signé. Encadré.

PAGNIEZ (L.)

240 — Paysage.
A l'aquarelle. Signé 1851. Encadré.

PASTELOT

241 — Costume de féerie.
A la gouache. Signé.

PELLETIER (L.)

242 — Gorges de Kabylie.
Aquarelle. Signé. Encadré.

PÉQUIGNOT

243 — Moulin sur les bords du Liton (Eure).
Aquarelle. Signé.

PERROS (F.)

244 — Cour de ferme.
A l'aquarelle. Signé.

PHILIPPOTEAUX

245 — Une Charge de cavalerie.
Mine de plomb et aquarelle. Signé.

PIGAL

246 — Sa Carte de visite.
A l'aquarelle. Signé. Encadré.

247 — La Consultation.
Aquarelle. Signé. Encadré.

248 — Le Bain de pieds.
Aquarelle. Signé. Encadré.

249 — Le Phrénologiste.
Aquarelle. Signé. Encadré.

250 — Un mauvais Plaisant.
Aquarelle. Signé. Encadré.

POTIER (A.)

251 — Vue d'un Cours d'eau, avec habitations, moulin, lavoir, barque, etc.
A l'aquarelle. Signé. Encadré.

PRÉVOST

252 — Vue d'une Cathédrale et d'une Tour.

A l'aquarelle. Signé.

PROUT

253 — Habitation avec tourelle, sur les bords d'un fleuve.

A l'aquarelle. Encadré.

PRUCHE

254 — La Marchande d'oubli.

A l'aquarelle. Signé. Encadré.

PRUDHON (P.-P.)

255 — Bas-reliefs. Quatre pièces.

Croquis à la mine de plomb. Encadré.

RAFFET

256 — Soldat hongrois.

A l'aquarelle. De la Collection San Donato. Signé. Sous verre.

257 — Étendart de la 93e demi-brigade, 3e bataillon.

A l'aquarelle. Signé : *Vienne*, 17 *février* 1856.

258 — Épisode de la Révolution de 1848.

A la plume. Encadré.

259 — Costumes militaires. Études. Sept pièces.

Mine de plomb et aquarelle. Provenant de sa vente.

RAOUL

260 — Paysage.

A l'aquarelle. Signé. Encadré.

REGNAULT (Henri)

261 Vue d'Espagne. — Hermitage, les Aygueatedes. Deux pendants.

Aquarelle. Signé des initiales. Encadré.

REIGNIER

262 — L'Impératrice Joséphine, buste entouré de fleurs et de sujets allégoriques.

A la mine de plomb, Signé : *Reignier, à Monsieur Paulin*. Encadré.

RENOUX

263 — Intérieur d'église.

Au lavis. Signé.

ROBERT-FLEURY

264 — Les Châtelaines. — L'Atelier du peintre. Deux pièces.

Plume et aquarelle.

ROEHN

265 — Un Joueur de boules. — Amateur de tableaux. Deux pièces.

Au lavis de bistre. Signé.

ROQUEPLAN (Camille)

266 — Homme vêtu d'un grand manteau.

A la mine de plomb. Signé. Encadré.

ROUSSEAU (Th.)

267 — Bateaux et Mariniers sous un pont.

Au crayon noir. Signé des initiales. Sous verre.

ROUX (E.)

268 — **Paysans bretons.**

A l'aquarelle. Signé 1849. Encadré.

ROUZÉ (Émile)

269 — **Pigeonnier et Hangars.**

A la mine de plomb et au crayon rouge. Signé 1852. Sous verre.

SCHAAL

270 — **Un Buveur.**

Au lavis de bistre. Signé 1831.

SCHEFFER (Ary)

271 — **Le Départ du bien-aimé.**

A la mine de plomb. Signé.

272 — **Les Adieux.**

A la mine de plomb. Signé : 15 *mai* 1829.

273 — **L'Annonciation.**

A la pierre noire.

SCHEFFER (D'après Ary)

274 — **Mignon regrettant sa patrie.**

A la plume et au lavis d'encre de Chine. Signé : *G. G.* 48. Encadré.

SCHNETZ (J.)

275 — **Militaires.**

Au lavis de bistre rehaussé de blanc. Signé.

276 — **Tète de femme mauresque.**

A la plume.

SWEBACH-DESFONTAINES

277 — **Cavaliers et Fantassins.**

A la plume et au lavis d'encre de Chine. Encadré.

TAUROMACHIE

278 — Trois Compositions, représentant des Courses de taureaux dans l'Amérique du Sud.

A l'aquarelle.

TESSON (L.)

279 — Femmes allant à la pêche.

Aquarelle. Signé. Encadré.

THÉNOT

280 — Vue d'une Habitation au bord d'un cours d'eau.

A l'aquarelle. Signé 1838.

TOUDOUZE

281 — L'Indiscrète.

A l'aquarelle. Signé. Encadré.

TRAVIÈS (J.)

282 — Costume de femme du Midi.

Au crayon noir. Signé : *Perpignan*.

283 — **Un Poète romantique.**

A la plume. Signé.

TRISTAN DE L'HÉRAULT

284 — Militaires au cabaret.

Superbe aquarelle avec dédicace : *Tristan de l'Hérault à son oncle le duc de Rovigo. Hommage respectueux.* Sous verre.

TROYON (C.)

285 — Études d'arbres, dans un paysage.

A la pierre noire rehaussée de blanc. Signé des initiales. Encadré.

TUILLIER

286 — Habitation rustique.

A l'aquarelle.

VALÉRIO

287 — Un Garde-chasse.

A la mine de plomb. Signé 1842.

VERNET (Carle)

288 — En Route pour le marché.

Superbe aquarelle. Signé. Encadré.

289 — Le Jeu de la drogue.

A l'aquarelle. Encadré.

290 — Chasseur à cheval.

A la plume. Encadré.

291 — Lancier polonais.

Au lavis et au crayon noir.

292 — Militaire égyptien.

A la sépia. Signé. Encadré.

293 — Mameluck, porte-étendard à cheval.

A l'aquarelle. Signé. Encadré.

VERNET (Horace)

294 — Pêcheur napolitain, jouant de la guitare.
Aquarelle. Signé : *Rome* 1830. Cadre en bois sculpté.

295 — La Garde meurt, elle ne se rend pas (1815).
Plume et aquarelle. Signé du monogramme. Encadré.

296 — Militaires assis.
A la mine de plomb. Encadré.

297 — Un Chien de chasse.
A la mine de plomb. Signé. Encadré.

298 — Trois Militaires derrière une redoute.
A la sépia. Encadré.

VEYRASSAT

299 — Char rustique, attelé de deux chevaux.
A la plume et à l'aquarelle. Signé du monogramme. Sous verre.

VILLENEUVE (J.-V. de)

300 — Clotilde de Surville.
A l'aquarelle. Signé 1822.

VILLERET

301 — Vue de Gand.
A l'aquarelle. Signé 1832.

VINCENT

302 — Officier supérieur de la garde nationale.
Superbe miniature. Encadré.

WILLE (P.-A.)

303 — Paysage.
A l'aquarelle. Signé.

ESTAMPES

304 **Adam** (Victor). Voitures, Études d'animaux, Militaires, Carrousel, Caricatures. Trente-neuf pièces noires et coloriées.

305 **Anastasie** (Aug.). Paysages. Six pièces, dont plusieurs avant la lettre.

306 **Baron** (Par ou d'après). Sujets de genre, Paysages. Six pièces.

307 **Barye** (D'après). Études d'animaux. Quinze pièces.

308 **Baugniet**. Luigi Calamatta, L. Gallais, P. Delaroche, Fr. Bouchot, Dantan jeune, Fr. Derre, Van Assche, L. Jehotte. Huit portraits in-fol., premières épreuves sur chine, à toute marge.

309 **Bellangé** (H.). A Charlet, le peuple, 30 décembre 1845; dédié à Mme veuve Charlet. Très belle ép. sur Chine, à toute marge.

310 — Album lithographique 1833. Douze pièces noires et coloriées dans la couverture inprimée de publications.

311 — École du soldat. Collection de douze lithographies.

312 — Costumes militaires. Soixante-deux pièces noires et coloriées.

313 — Scènes militaires, Batailles, Costumes, etc. Cent quatre-vingt-quatre pièces noires et coloriées.

314 — Sujets divers, Caricatures, Planches extraites de la *Silhouette* et de la *Caricature*. Cent soixante-quatorze pièces noires et coloriées.

315 **Bléry** (E.). Études d'arbres dans la forêt de Fontainebleau. Six pièces à l'eau-forte sur Chine. Ép. signées par l'artiste.

316 — Paysages, Études d'arbres. Vingt et une pièces, la plupart sur Chine.

317 **Boilly** (D'après). La Dispute de la rose, la Rose prise. Deux pendants, gravés par Eymar et Cazenave. Belles ép. imprimées en couleur, avec marges.

318 — Les mêmes Pièces. Superbes ép. avant la lettre, imprimées en noir, toute marge.

319 — L'Optique, par Cazenave. Belle ép., grandes marges.

320 — La même Estampe. Superbe ép. en couleur, à toute marge.

321 — Prends ce biscuit.—Nous étions deux, nous voilà trois. Deux pendants gravés par Vidal. Belles ép. avec marges.

322 — Les mêmes Estampes. Belles ép. en couleur, à toute marge.

323 — Première Scène de voleurs. — Deuxième Scène de voleurs. Deux pendants, gravés à la manière noire, par Gror. Belles ép., avec marges.

324 — La Jardinière, la Précaution. Deux pendants, gravés par Tresca. Belles ép,, avec marges.

325 — Défends-moi. Poussez ferme. Deux pendants, gravés par Petit. Belles ép., grandes marges.

326 — La Leçon d'union conjugale, par Petit. Belle ép., grandes marges.

327 — La Précaution, gravé par Tresca. Belle ép. imprimée en couleur, grandes marges.

328 — L'Évanouissement, la douce Résistance. Deux pendants, gravés par Tresca.

329 — On la Tire aujourd'hui, gravé par Tresca. Très belle ép., à grandes marges.

330 — Les Hommes se disputent, les Femmes se battent. Deux pendants, gravés par Chaponnier. Belles ép. gravées en couleur, grandes marges.

331 — Le Cadeau, Qu'elle est gentille. Deux pendants. Très belles ép., sans noms d'artistes, toute marge.

332 — L'Amant musicien, gravé par Levilly. Belle ép. à toute marge.

333 — On nous voit, gravé par Petit. Belle ép. coloriée, à toute marge.

334 — Prélude de *Nina*, gravé par Chaponnier. Très belle ép., avec marges.

335 — La Surprise agréable, gravé par Mixelle. Superbe ép. avec la lettre au trait, à toute marge.

336 — Honny soit qui mal y pense, gravé par Bonnefoy. Très belle ép., grandes marges.

337 — Grimaces. Cent dix-neuf pièces en noir.

338 — Ça ira, Ça a été, On nous voit. la Douce impression de l'harmonie, la Douce résistance. Cinq pièces en noir.

339 — Spectacle gratis, l'Effet du mélodrame, Réjouissances publiques, le Jeu de billard, le Jeu de tonneau, le Jeu de l'écarté. Huit lithographies noires et coloriées.

340 — Grimaces. Trente-six pièces en couleur.

341 — Ah ! comme il y viendra ! Ils sont d'accord, Famille de ville. l'Amant musicien. Avant la toilette, Que n'y est-il encore ! Sept pièces en noir.

342 — L'Optique, les deux Amies, la Précaution, l'Amusement de la campagne, l'Amant poète. etc. Huit pièces noires et coloriées.

343 — Repas des Girondins. Lithographie de Cartier. Belle ép. avant la lettre, sur Chine.

344 **Boilly** (J.). Sujets gravés à l'eau-forte, d'après Gros et Murillo. Cinq pièces avant la lettre.

345 **Boilly** et **Van Gorp** (D'après). Séparation douloureuse, Entrevue consolante. Deux pendants, gravés par Noël. Très belles ép. en couleur, toute marge.

346 **Bonheur** (D'après Rosa). Études d'animaux, gravures et lithographies. Vingt pièces, dont plusieurs sur Chine.

347 **Bonnington** (D'après). Sujets in-18 pour illustration. Quatre pièces avant la lettre.

348 — At Wurtzburg, Glaston-Burg, Ulm, Ewenny. Quatre lithographies sur Chine.

349 — Vues et Paysages. Onze pièces sur blanc et sur Chine.

350 — Sujets pour illustration, gravures et lithographies. Quarante-deux pièces.

351 — Monuments, Vues, Paysages, Marines, etc. Trente-six pièces.

352 — Marines et Ports de mer, gravures et lithographies. Vingt-huit pièces, dont plusieurs en couleur.

353 **Boulanger** et **Devéria**. Souvenirs du Théâtre anglais, à Paris, 1827. Huit planches coloriées. Un portrait en noir et feuilles de texte. Le tout dans deux couvertures imprimées de publication.

354 **Boys** (T.). Monuments de Paris, de Rouen, etc. Onze pièces.

355 **Brascassat** (D'après). Études, Paysages, Animaux. Sept pièces.

356 **Bry** (Aug.). Raffet dessinant. Superbe ép. sur Chine, avant la lettre, à toute marge.

357 **Cabat** (D'après). Paysages, Études d'arbres, etc. Huit pièces, la plupart sur Chine.

358 **Calamatta.** Paganini, d'après Ingres. Belle ép. sur Chine, avec la lettre au trait, grandes marges.

359 — Raoul Rochette. — Ch. Legentil. — Le Masque de Napoléon. — Le duc d'Orléans. Cinq portraits. Belles ép.

360 **Calame.** Vues de Suisse et de Savoie, Études, Paysages, etc. Soixante-dix-huit pièces, eaux-fortes et lithographies.

361 **Carjat.** Le Théâtre à la ville. Collection de seize portraits-charges, lithographies in-fol., à toute marge.

362 **Charlet.** Ses Portraits, par Davaux, Valerio et par lui-même. Neuf pièces, plusieurs sont sur Chine.

363 — Le Bataillon sacré (Retraite de Russie). Eau-forte originale. Ép. avant la lettre, sur Chine, rare ; on y a joint une reproduction sur bois. Ensemble deux pièces.

364 — Le Laboureur nourrit le soldat, le Soldat défend le laboureur. Deux ép., dont une sur Chine volant.

365 — Papa dada ! — Papa nanan ! Papa caca ! Deux pièces faisant pendants. Neuf ép.

366 — Réjouissances publiques. Lithographie in-fol. Belle ép., à toute marge.

367 — Ils sont les Enfants de la France. Six ép., dont une sur Chine.

368 — Portraits de Napoléon. Dix pièces sur blanc et sur Chine, plusieurs sont avant la lettre.

369 — L'intrépide Lefèvre. Cinq ép.

370 — La Garde meurt, mais ne se rend pas. Onze ép. noires et coloriées.

371 — Journées de 1830. Six pièces.

372 — Elle a le cœur français l'Ancienne. — Au vieux Grognard, le Tailleur de pierre reconnaissant. Quatre ép.

373 — Le Grenadier manchot. Deux ép. en état différent.

374 — La Boule de neige. Sept ép., dont deux avant la lettre, à toute marge.

375 — Le Siège de Saint-Jean-d'Acre. Quinze ép., à toute marge.

376 — La Manie des armes, C'est mon père, Vous croisez la bayonnette sur les vieux Amis, École du balayeur, etc., etc. Quarante-trois pièces.

377 — Le 5 Mai, le Perruquier de village, la Chiffonnière. Trois pièces gravées à la manière noire, par Reynolds.

378 — Après vous, Sire! gravé à la manière noire, par Maile. Très belle ép.

379 — Costumes militaires. Trente-sept pièces.

380 — Études à la plume, à l'usage des élèves de l'École polytechnique, avec titres et frontispices. 45 pièces.

381 — Sujets gravés à l'eau-forte. Vingt et une pièces avec titres gravés.

382 — Réunion de 387 Lithographies et Gravures sur bois. Plusieurs sont sur Chine.

383 **Cicéri.** Paysages, Vues, etc. Seize pièces; plusieurs à l'eau-forte pure ou avant la lettre.

384 **Commarieux.** Ah! s'il y voyait!... Ép. coloriée.

385 **Coqueret.** Racine faisant réciter sa tragédie d'Esther. Boileau lisant à Louis XIV son poème du Lutrin. Deux pièces faisant pendants, d'après J. Boilly. Ép. coloriées à toute marge.

386 **Corot** (D'après). Paysages, Vues, etc... Vingt-deux pièces eaux-fortes et lithographies. Plusieurs sont avant la lettre.

387 **Costumes militaires.** Vingt-quatre pièces en couleur par Martinet, Lœillot, Fonrouge, Lalaisse, Detaille, etc.

388 **Crénaud** (H.). Gravures à l'eau-forte. Sept pièces, ép. d'artiste.

389 **Darcis.** Les Incroyables, d'après C. Vernet. Ép. en couleur, grandes marges.

390 **Daubigny** (D'après). Paysages, Vues de villes, Sujets pour illustration, Caricatures, etc. Gravures et lithographies.

391 **Daumier** (H.). Cours d'histoire naturelle, les Philanthropes du jour, les beaux Jours de la vie. Quatorze pièces noires et coloriées.

392 **Debucourt.** On ne passe pas. Gravé à la manière noire d'après Charlet ; très belle ép. sur Chine, toute marge.

393 — Cuirassier français, Houssard français, Cuirassier prussien, Garde national à cheval, Hulan prussien, Chasseur à cheval de la garde royale. Six pièces en noir, toute marge.

394 — Le Marchand de peaux de lapin, la Marchande d'eau-de-vie, Il n'y a pas de feu sans fumée, le Chiffonnier, le Cosaque galant, Passez, payez, le Coup de vent, Anglais en habit habillé. Huit pièces en noir, grandes marges.

395 — Passez, payez, la Marchande de poisson, le Jour de barbe du charbonnier, la Marchande de saucisses, Il n'y a pas de feu sans fumée. Cinq pièces en couleur d'après C. Vernet.

396 — Le Café, le Pâtissier. Deux pendants, superbes ép. avant la lettre, grandes marges.

397 **Decamps** (D'après). Sancho et Don Quichotte. Gravé à la manière noire par Prévost, très belle ép. avant la lettre, toute marge.

398 — Animaux, Sujets pour les fables de La Fontaine, Costumes, Caricatures, Croquis, Marines, Soixante et une pièces, gravures et lithographies, plusieurs sont avant la lettre.

399 — Album lyrique, composé de douze Romances et de douze lithographies, in-8. On y a joint une lettre autographe de Decamps.

400 — Lithographies et eaux-fortes, Étude d'animaux, Portraits, Marines, Sujets orientaux, Chasse, etc., etc. Deux cent soixante-deux pièces.

401 **Delacroix** (Eug.). Hamlet, Collection de treize sujets, in-4. Lithographies originales, ép. à toute marge.

402. — Faust, Portraits de Goethe, Titres et Frontispices. Trente-quatre lithographies originales. Quelques doubles.

403 — Lettre autographe datée de Champ-Rosay, 30 juin 1840, Lithographies et eaux-fortes. Ensemble dix pièces.

404 **Delacroix** (D'après E.). L'Ermite Copmanhurst et le Chevalier, gravé à la manière noire par Prevost. Superbe ép. en feuille, rare.

405 — Sujets divers, eaux-fortes et lithographies. Quinze pièces.

406 — Animaux, Sujets de genre, Paysages orientaux, etc. Quatre-vingt-quinze gravures et lithographies.

407 **Delécluze** (D'après). Clara Gazul (portrait de Mérimée en femme), lithographie originale de Scheffer. Belle ép. en feuille, très rare.

408 **Desnoyers** (Auguste). Homère, Bélisaire. Deux pendants, belles ép. du premier tirage, doublées.

409 **Devéria** (Achille). Son portrait dessiné et lithographié par lui-même. Belle ép. sur Chine avant la lettre, toute marge.

410 — Victor Hugo, 1829. Belle ép. sur Chine.

411 — A. de Gisors, A. du Sommerard, Bessens, David d'Angers, C. Roqueplan. Cinq portraits sur Chine, grandes marges.

412 — **Diaz** (D'après). Paysages, Animaux, Sujets gracieux, Croquis. Soixante-dix-neuf pièces gravures et lithographies, la plupart avant la lettre, sur Chine.

413 **Divers.** Sujets gravés et lithographiés, par ou d'après Madou, Calamatta, Flandrin, E. Baudry, Bracquemont, R. Fleury, P. Delacroche, Veyrassat, L. Robert, Courbet, Gigoux, etc., etc. Soixante pièces en noir et coloriées.

414 — Quatre-vingt-neuf pièces Gravures et Lithographies par ou d'après Loubon, Champion, Bouchot, Bouguereau, Vernet, Gavarni et un volume des Français peints par eux-mêmes.

415 — Quarante et une Pièces eaux-fortes et lithographies, par ou d'après Moyse, Gudin, Swebach, Manet, Ant. Monnier, J.-B. Laurens, Gleyre, etc., etc.

416 — Cent vingt-sept Pièces, eaux-fortes et lithographies. Ép. en noir et coloriées.

417 **Doré** (Gustave). Caricatures, Lithographies. Gravures sur bois. Cent soixante-dix pièces; un grand nombre sont sur Chine.

418 **Duplessis-Bertaux.** Napoléon Ier, vu de face et de dos. Deux pendants, belles ép. à toute marge.

419 — Fêtes publiques, Batailles, Scènes militaires. Quatorze pièces à l'eau-forte pure.

420 **Duplessis-Bertaux et Choffard.** Une Chasse. in-8 travers, d'après C. Vernet. Ép. avant la lettre, sur Chine, en feuille.

421 **Dupré** (D'après J.). Paysages, Marines, Études d'arbres, etc..., Quarante-deux pièces sur blanc et sur Chine.

422 **Duriez** (E.). Le Triomphe de l'agriculture d'après Greuze. Très belle ép. avant la lettre sur Chine, toute marge.

423 **École anglaise.** Quarante-deux Pièces eaux-fortes et lithographies d'après Harding, Cooper, Tomkins, Prout, etc., etc.

424 **Faber** (C.). Victor Hugo 1847. Lithographie, in-8. Belle ép., grandes marges.

425 **Fielding** (Newton). Chasse. Cinq pièces sur Chine.

426 — Animaux sauvages. Dix-neuf pièces sur blanc et sur Chine.

427 — Fables de La Fontaine. Dix-huit pièces.

428 — Animaux de basse-cour, suite de douze pièces ; plus deux ép. avant la lettre. Ensemble, quatorze pièces sur Chine.

429 — Combat d'animaux ; suite de six lithographies. Ep. avant la lettre sur Chine.

430 — Animaux, gravés au pointillé par Falkesen. Quatorze pièces à toute marge.

431 — Chasses gravées à l'aqua-tinte par Himely. Quinze pièces en noir et en bistre.

432 — Chasses, Études, Croquis, Paysages, Vues d'Angleterre, etc... Vingt-six pièces.

433 **Flameng** (Léopold). Sujets gravés à l'eau-forte. Sept pièces dont plusieurs avant la lettre.

434 **Forest** (E.). Études, Caricatures, Chansons, etc... Dix-neuf pièces noires et coloriées.

435 **Forster** (E.). Louis Ier, roi de Bavière, d'après Stieler. Belle ép., grandes marges.

436 — Raphaël, La Fornarina. Deux pièces d'après Desnoyers et Duvivier. Belles ép. dont une avant la lettre.

437 — **Fradelle** (D'après H.). Interview between Lady Jane Grey and Dr Roger Ascham in the year 1550. — Mary Queen of Scots and her secretary Chatelar. Deux pièces gravées par Duncan et par W. Say. Belles ép., toute marge.

438 **François** (Par et d'après). Paysages, dix pièces Eaux-Fortes et Lithographies. Plusieurs sont avant la lettre.

439 **Gavarni.** Affiche pour les Contes fantastiques d'Hoffmann, Caricatures, Sujets pour illustration, Costumes, etc., etc. Cent dix-neuf pièces noires et coloriées.

440 **Geoffroy.** Un Lion du désert. Belle ép., toute marge.

441 **Gérard-Fontallard.** Bleuettes, Planches, 9 à 12. Quatre pièces coloriées, à toute marge, dans la couverture illustrée de publication.

442 **Gericault.** Ses portraits par Devéria, H. Vernet. E. Lasalle, A. Scheffer, Collin, etc. Treize pièces dont plusieurs sur Chine et un dessin.

443 — Animaux, [Chevaux attelés, Études, Costumes militaires, etc. Trente-neuf pièces dans la couverture illustrée de publication.

444 — Le Passage du mont Saint-Bernard. Quatre ép. avant la lettre à toute marge.

445 — Bataille de Sédiman. Belle composition gravée à la manière noire par Reynolds. Cinq ép. dont une avant la lettre et deux imprimées en couleur.

446 — Marche dans le désert. Onze ép. dont huit avant la lettre, à toute marge.

447 — Études de chevaux d'après nature. Collection de quinze planches in-4 avec le titre, ép. à toute marge.

448 — Voitures, Chevaux, Batailles, etc. Vingt-trois pièces.

449 — Histoire de Napoléon, quatre sujets Lithographies originales. Belles ép.

450 — Scènes militaires, Sujets de genre, le Radeau de la Méduse, Costumes militaires, etc. Quarante pièces.

451 — Études de chevaux, voitures, animaux, etc. Quatre-vingt-deux pièces.

452 **Giaccomelli** (D'après). Gravures sur bois pour un livre anglais. Quinze pièces ép. d'artiste sur Chine volant.

453 **Goupil** (Léon). La triste Séparation. Peint et gravé à l'eau-forte par lui-même. Eau-forte pure à toute marge.

454 **Grandville** (J.-J.). Voyage pour l'Éternité. Collection de huit lithographies in-4 coloriées. Belles ép. à toute marge, dans la couverture illustrée de publications.

455 — Les Tribulations. — Musée d'Antanorama. Seize pièces noires et coloriées, grandes marges.

456 — Les Ages. Dix-sept lithographies in-4. ép. en noir, à grandes marges.

457 — Observations, Critique. Dix-huit pièces sur blanc et sur Chine, grandes marges.

458 — Sujets divers, Titres de chansons, la Mode du jour, Album cosmopolite, Voyage du prince Kamchaka, etc., etc. Soixante pièces en noir.

459 — L'Association mensuelle. Quinze lithographies en noir à grandes marges.

460 — Carte vivante du restaurateur, Singeries, Galerie mythologique, Métamorphoses du jour, Sujets divers. Ensemble trente-quatre pièces noires et coloriées.

461 — Les Breuvages de l'homme. Collection complète de six pièces, ép. en noir à toute marge.

462 — Les Métamorphoses du jour ou les hommes à têtes de bêtes. Collection de soixante et onze lithographies in-4, édition populaire, tirage en noir dans la couverture illustrée de publications.

463 — Sujets divers pour illustration. Cent dix-sept pièces noires et coloriées, plusieurs sont sur Chine.

464 — Planches extraites de la *Silhouette* et de la *Caricature*. Trente-cinq pièces noires et coloriées.

465 **Grenier**. Chasses, Costumes, etc. Neuf pièces.

466 **Gudin**. Marines, Scènes militaires, Sujets pour illustrations. Trente-six pièces noires et coloriées.

467 **Harpignies**. Études d'arbres, Paysages. Sept pièces gravées à l'eau-forte, la plupart avant la lettre.

468 **Henriquel-Dupont**. Son Portrait in-8 gravé par A. Louis, le duc de Montpensier, Normand, Mirabeau. Quatre portraits avant la lettre, ép. d'artistes.

469 — Pierre le Grand, d'après P. Delaroche. Deux ép., dont une avant la lettre sur Chine.

470 — Joseph Coiny, graveur, A. Tardieu, Hussen-Pacha, Grégoire XVI. Cinq portraits, très belles ép., dont trois sur Chine.

471 — Carle Vernet, Debucourt. Trente-six ép.

472 — Le Naufragé, d'après P. Delaroche. Très belle ép. avant la lettre, à toute marge.

473 **Hervier**. Monuments, Paysages, Marines, etc. Vingt et une pièces, gravures et lithographies, la plupart avant la lettre.

474 **Huet** (Paul) Paysages, Marines, Sujets de genre, etc. Soixante-dix-sept pièces, eaux-fortes et lithographies, la plupart sur Chine.

475 **Ingres** (D'après). Lorenzo Bartholini, sculptor florentinus, gravé par Potrelle, grandes marges.

476 — N.-M. Gatteaux, par Dien. Belle ép., grandes marges.

477 — Le prince Napoléon, gravé par Pollet. Belle ép. sur Chine en feuille.

478 — Le baron Walckenaer, membre de l'Institut. Lithographié par Léon Noël. Belle ép. sur Chine, toute marge.

479 — Françoise de Rimini, Odalisque, Angélique, la Source, le Secret, etc. Dix-sept pièces sur blanc et sur Chine.

480 **Isabey** (Eug. et J.). Sujets de genre, Paysages, Habitations, Sujets gracieux, etc. Soixante-dix-sept pièces sur blanc et sur Chine.

481 — Marines et Ports de mer. Cent quarante et une pièces sur blanc et sur Chine.

482 **Jacque** (Charles). Affiche illustrée pour le Mémorial de Sainte-Hélène.

483 — Les Maladies et les Médecins, Comme on dîne à Paris, Vanité des Vanités, etc. Vingt-deux pièces, lithographies.

484 — Épisodes de la guerre de Vendée. Sept pièces avant la lettre sur Chine.

485 — Sujets gravés à l'eau-forte. Vingt et une pièces, très belles ép. d'artiste avant la lettre sur blanc et sur Chine.

486 — Sujets gravés à l'eau-forte. Seize pièces avant la lettre sur blanc et sur Chine.

487 — Réunions de trois cent vingt et une pièces : Eaux-Fortes, Études de dessins, Croquis, Sujets pour illustrations, etc., etc. Plusieurs sont sur Chine.

488 **Jazet**. La Esmeralda, d'après Steuben. Belle ép. à toute marge.

489 **Johannot** (Alfred et Tony). Péveril du Pic, le duc de Guise, Sous les Tilleuls, Sujets pour illustrations. Onze pièces sur blanc et sur Chine.

490 **Lalaisse.** Costumes militaires et autres. Cinq pièces noires et coloriées.

491 **Lami** (Eugène). Costumes militaires, Chevaux, Voitures, Sujets de genre. Vingt-trois pièces noires et coloriées.

492 **Lassalle** (Émile). Portrait de Mme Victor Hugo. d'après Boulanger. Deux ép. dont une avant la lettre sur Chine.

493 **Lecomte** (Hip.). Costumes. Scènes militaires. Onze pièces noires et coloriées.

494 **Lemud** (A. de). Le Retour en France, avec trois vers de Victor Hugo. Très belle ép. à toute marge.

495 — Enfance de J. Callot. Très belle ép. sur Chine à toute marge.

496 **Lemud** (Par ou d'après). Maître Wolframb. Hélène Adelsfreit, Silvio-Pellico, Hoffmann. Enfance de Callot, etc. Vingt-huit pièces dont plusieurs avant la lettre.

497 **Le Poitevin**. Les Diables de lithographies. Douze pièces avec la couverture imprimée de publication.

498 — Marines, Croquis, Costumes, Sujets divers, etc. Trente et une pièces.

499 **Leprince** (X.). Inconvénients d'un voyage en diligence. Suite complète de douze lithographies in-4 coloriées, ép. à grandes marges. dans la couverture illustrée de publication.

500 **Louis** (Aristide). Mignon aspirant au ciel. Mignon regrettant la Patrie. Deux pièces d'ap. Ary-Scheffer, belles ép,, grandes marges.

501 **Marilhat** (D'après). Vues d'Orient. Costumes. Paysages. etc. Vingt-deux pièces.

502 **Marvy** (Louis). Paysages, Scènes d'intérieur, Sujets de genre. Soixante-neuf pièces, sur blanc et sur Chine.

503 **Meissonnier** (D'après). Charlemagne, le Hallebardier, Polichinelle, le Liseur, le Fumeur, etc. Vingt-huit pièces, dont plusieurs avant la lettre.

504 **Méryon** (C.). Armes symboliques de la Ville de Paris. Très belle ép. du 1er état, avec marges.

505 — Le Petit-Pont. Superbe ép. du 1er état, avant les initiales dans le haut, à droite; la marge inférieure est coupée.

506 — Le Pont-Neuf et la Samaritaine, au-dessous la première Arche du Pont-au-Change. Belle ép., petites marges.

507 — La Morgue. Très belle ép. du 1er état avant la lettre, petites marges.

508 — Le Pont-au-Change. Très belle ép. du 3e état avant la lettre, en feuille.

509 — La rue des Toiles, à Bourges. Superbe ép. du 1er état, avec le chien et la date sur la cheminée, en feuille.

510 Tourelle, rue de la Tixéranderie. Très belle ép. du 2e état, avec les initiales dans le haut, à droite, en feuille.

511 — Le Pont-Neuf. — La Pompe Notre-Dame. — Marine, d'après Zeeman. Quatre pièces. Belles ép.

512 **Millet** (D'après). Sujets gravés à l'eau-forte et sur bois. Dix-neuf pièces.

513 **Mœnch** (D'après S.). Galerie auvergnate, Collection complète de six planches in-4, gravées par Jeauran, lith. par Engelmann. Ép. coloriées, à toute marge.

514 **Mongin** (A.). Alexandre Dumas fils, d'après Meissonnier. Belle ép. avant la lettre, sur Japon.

515 **Monnier** (Henri). Les Quartiers de Paris. Suite complète de six lithographies in-4, ép. en noir; plus deux pl. coloriées. Ensemble huit pièces, à toute marge.

516 — Chansons de Béranger. Dix lithographies in-4 coloriées, avec la couverture de publication. Ép. avec marge.

517 — Chansons de Béranger. Sept lithographies in-8, coloriées; planches complétant la série des quarante. Paris, 1828. Ép. à toute marge.

518 — Théâtre des Variétés. Suite complète de six pièces in-8, coloriées. Ép. à toute marge.

519 — La même Collection. Ép. en noir, à toute marge. *Manque la planche de Odry, rôle de Paternick.*

520 — Galerie théâtrale. Dix lithographies in-4, en noir, à toute marge, nos 4, 13, 14, 15. 16. 17, 18, 19, 21, 22.

521 — Six pièces de la même collection. Ép. coloriées, à toute marge, nos 5, 9, 13, 14, 19, 22.

522 — Mœurs administratives. Collection complète de six lithographies in-4, coloriées. Ép. à toute marge.

523 — Mœurs administratives. Collection complète de douze lithographies in-4. Ép. en noir, à toute marge. *Deux épreuves sont plus courtes et coloriées.*

524 — Les Grisettes, publié par Gaugain. Collection de dix lithographies coloriées. Ép. à grandes marges.

525 — Les Grisettes, publié par Giraldon-Bovinet. Collection de quarante lithographies en couleur, à toute marge. *Manque la planche quarante.*

526 — Jadis et Aujourd'hui. Douze lithographies in-4, en noir, à toute marge.

527 — Esquisses parisiennes. Collection de dix lithographies in-4 dans la couverture imprimée de publication. *Manque la planche septième.*

528 — Rencontres parisiennes. Collection complète de quarante lithographies coloriées. Ép. à grandes marges.

529 — Récréation, Paris, Giraldon-Bovinet. Suite de un titre et douze lithographies coloriées Ép. à toute marge.

530 — Récréation, Paris, Bauger 1839. Suite complète de six pièces coloriées.

531 — La même collection, même état.

532 — Répertoire du théâtre de Madame, trois pièces. — Les Péchés capitaux, cinq pièces. — Passe-temps, trois pièces. — Impressions et Voyages, quatre pièces. Ensemble quinze pièces coloriées, à toute marge.

533 **Nanteuil** (Célestin). Portrait de Rabelais, in-8, d'après Delacroix. Ép. à toute marge.

534 — Frontispice de la bibliothèque romantique, publié par Pincebourde. Dix ép., à toute marge.

535 — La délivrance ou la mort du Prolétaire. Belle composition, d'après Etex. Belle ép. sur Chine, grandes marges.

536 — Lithographies et Eaux-fortes, d'après Isabey, Diaz, Delacroix, Marilhat, etc. Vingt et une pièces.

537 **Nanteuil** (C.) **et autres.** Le Musée, Revue du Salon de 1834. Recueil contenant un frontispice gravé et vingt-quatre sujets, par les meilleurs artistes. Exemplaire à toute marge, transporté sur pierre et lithographié par Delannois.

538 **Oleszczynski.** Lord Dudley, C. Stuart, in-4 orné, d'après G. Hayter. Belle ép. sur Chine, avec la lettre grise, grandes marges.

539 **Pichio dit Pig** (E.). Charles IX au Louvre, avant de tirer sur le peuple, gravure sur bois, in-4. Ép. avant la lettre.

540 **Prud'hon** (D'après). Frontispice pour les Œuvres de Racine, in-fol, par Marais, superbe ép. avant la lettre, les noms à la pointe, grandes marges.

541 — La Famille malheureuse, in-8, à la manière noire, par Dugelay. Belle ép. en feuille.

542 — La Famille indigente, gravé par T. Caron. Belle ép. avec la lettre au trait, en feuille.

543 — Abrocome et Anzia, gravé par Roger. Soixante ép. anciennes.

544 — Le Naufrage de Virginie, in-8, par Roger. Ép. à l'eau-forte pure, grandes marges.

545 — Phrosine et Mélidor, in-8, par Roger. Ép. à l'eau-forte pure, grandes marges.

546 — La Grotte. Superbe ép. avant la lettre et avec la tablette; marges.

547 — La Vengeance de Cérès. Belle ép. avant la lettre, grandes marges.

548 — Innocence et Amour, Hymen et Bonheur. Deux pendants. Belles ép., ancien tirage avec marges.

549 — Le Cruel rit des pleurs qu'il fait verser, l'Amour réduit à la raison. Deux pendants. Belles ép. avant la lettre, grandes marges.

550 — Entête de l'Institut national. — Bonaparte, Ier Consul. — Médaille de Bonaparte. — Directoire exécutif, etc. Sept pièces, dont cinq sur peau de vélin.

551 — Enlèvement d'Europe, le Christ sur la croix, le Coup de patte du chat, le Portement de croix. Vingt-sept pièces gravées et lithographiées.

552 **Raffet.** Son Portrait, le prince de Joinville, Napoléon Ier, Nicolas Ier, le comte de Woronzoff, le général Piat, le maréchal de Saint-Arnaud. Onze pièces, dont plusieurs avant la lettre, sur Chine.

553 — Affiche pour le Retour de l'Empereur, par Victor Hugo.

554 — Affiche pour le Compagnon du tour de France, de George Sand. Lithographie originale.

555 — Affiche pour Napoléon en Égypte. Lithographie originale.

556 — Voyage dans la Russie méridionale, Histoire générale de la Révolution, Histoire de l'armée. Trois affiches noires et coloriées.

557 — La Revue nocturne. Très belle ép. sur Chine, avec les vers.

557 *bis* — La même Estampe. Très belle ép., sans les vers.

558 — Combat d'Oued-Alleg, 31 décembre 1839. Deux ép. sur Chine.

559 — Bataille mémorable et décisive de Bunkers-Hill, près de Boston. Belle ép., à grandes marges.

560 — Retraite de Constantine. Six pièces, à toute marge.

561 — Le Colonel du 17e léger. — Le Drapeau du 17e léger. Deux pièces sur Chine.

562 — Prise de Constantine, épisodes de la conquête de l'Algérie. Quatorze pièces.

563 — Voyage dans la Russie méridionale et la Crimée. Vingt-deux pièces sur blanc et sur Chine.

564 — Album lithographique 1833. Douze pièces avec la couverture illustrée de publication.

565 — Costumes militaires. Vingt-trois pièces noires et coloriées.

566 — Sujets pour illustration. Soixante-deux pièces sur blanc et sur Chine.

567 — Fronstispices d'albums, épisodes de la Révolution de 1830. Onze pièces.

568 — Scènes militaires, Costumes, Croquis, Diligences, Sujets de genre, Planches pour la *Caricature*, etc... Cent trent-sept pièces.

569 **Ratier** (V.). Victor Hugo, Lithographie. in-8, Deux ép. dont une avant la lettre, très rare.

570 **Reynolds**. Jeanne d'Arc d'après P. Delaroche. gravure à la manière noire, à toute marge.

571 **Robillard** (H.). Ducornet (né sans bras). Deux portraits différents, grandes marges.

572 **Rochenoire** (J. de la). La mort d'Hyppolite, gravure à l'eau-forte. Belle ép. avant la lettre, grandes marges.

573 **Roqueplan** (C.). La Conversation, le Doux propos, la Récompense, la Folle, les Pommes. Cent trente-quatre ép. sur Chine et sur blanc.

574 — Marines, Chansons, etc... Dix-huit pièces.

575 — Paysages, Sujets d'illustration, Costumes. Trente pièces sur Chine.

576 — La Procession, la Rentrée de la Procession. Sujets d'illustration, Croquis, etc... Quatre-vingt-treize pièces sur blanc.

577 — Sujets divers. Quinze pièces.

578 **Rousseau** (D'après Th. et Ph.). Animaux, Paysages, Sujets pour illustration. Vingt-cinq pièces.

579 **Scheffer** (Par ou d'après Ary). Marguerite, Jeanne d'Arc en prison, la Marseillaise, le Roi de Thulé, le Larmoyeur, Sujets pour illustration, etc. Cent et une pièces à l'eau-forte et lithographies.

580 — **Schuler** (Ch.). Bernard Lorentz, directeur-fondateur de l'École forestière de Nancy. Belle ép. sur Chine à toute marge.

581 **Tassaert** (D'après). L'Art n'est pas fait pour toi, Faisons la paix, Ne boude donc pas, les Lis et les Roses. Quatre pièces à la manière noire.

582 **Traviès.** Galerie physionomique. Vingt et une pièces coloriées.

583 — Robert Macaire, Mayeux, Caricatures, Costumes, Pièces tirées de la *Silhouette* et de la *Caricature*, etc. Cent treize pièces noires et coloriées.

584 **Troyon** (D'après). Paysages, Animaux. Dix-sept pièces lithographiées ou à l'eau-forte.

585 **Vernet** (Carle et Horace). Scènes militaires, Batailles, Costumes, etc... Deux cent cinquante-quatre pièces.

586 — Sujets pour illustration, Marine, Sujets divers. Cent cinquante-sept pièces.

587 — Portraits de Napoléon, Frayssinous, C. Perrier, général Foy, Carle et Horace Vernet, etc... Quarante-deux pièces.

588 — Costumes militaires, noirs et coloriés. Cent et une pièces.

589 — Sport, Chasse, Courses, Chevaux. Quatre-vingt-seize pièces.

590 — Fables de la Fontaine. Cinquante et une pièces.

591 — Études d'animaux. Cent vingt-quatre pièces.

592 **Vernet** (Horace). Scènes militaires. Sujets divers. Vingt-neuf pièces.

593 **Villot** (F.). Eugène Delacroix d'après lui-même, Bonnington d'après lui-même. Trois ép. d'artiste avant la lettre dont une à l'eau-forte pure.

594 **Volmar.** Animaux, Courses, Costumes, Chasse etc... Soixante-seize pièces sur blanc et sur Chine.

Vve Renou et Maulde, imprimeurs de la Cie des Commissaires-Priseurs, rue de Rivoli. 144. 1000—85638

www.ingramcontent.com/pod-product-compliance
Ingram Content Group UK Ltd.
Pitfield, Milton Keynes, MK11 3LW, UK
UKHW021631260726
13994UKWH00003B/1162

9 782329 479033